Nota para los padres y encargados:

Los libros de *Read-it!* Readers son para niños que se inician en el
maravilloso camino de la [...]
la adquisición de destreza [...]

El NIVEL MORADO p[...]
de alta frecuencia y patro[...]

El NIVEL ROJO presen[...]
y oraciones de patrones repetitivos.

El NIVEL AZUL presenta nuevas ideas con un vocabulario más amplio
y una estructura gramatical más variada.

El NIVEL AMARILLO presenta ideas más elevadas, un vocabulario
extenso y una amplia variedad en la estructura de las oraciones.

El NIVEL VERDE presenta ideas más complejas, un vocabulario más
variado y estructuras del lenguaje más extensas.

El NIVEL ANARANJADO presenta una amplia de ideas y conceptos
con vocabulario más elevado y estructuras gramaticales complejas.

Al leerle un libro a su pequeño, hágalo con calma y pause a menudo
para hablar acerca de las ilustraciones. Pídale que pase las páginas y que
señale los dibujos y las palabras conocidas. No olvide volverle a leer los
cuentos o las partes de los cuentos que más le gusten.

No hay una forma correcta o incorrecta de compartir un libro con los
niños. Saque el tiempo para leer con su niña o niño y transmítale así
el legado de la lectura.

Adria F. Klein, Ph.D.
Profesora emérita, California State University
San Bernardino, California

Editor: Jacqueline A. Wolfe
Page Production: Amy Bailey Muehlenhardt
Creative Director: Keith Griffin
Editorial Director: Carol Jones
Managing Editor: Catherine Neitge
The illustrations in this book were created with watercolor and colored pencil.
Translation and page production: Spanish Educational Publishing, Ltd.
Spanish project management: Jennifer Gillis/Haw River Editorial

Picture Window Books
1710 Roe Crest Drive
North Mankato, MN 56003
877-845-8392
www.picturewindowbooks.com

Printed in the United States of America, North Mankato, Minnesota.
012016 009435R

Library of Congress Cataloging-in-Publication Data
Klein, Adria F.
[Max goes to school. Spanish]
Max va a la escuela / por Adria F. Klein ; ilustrado por Mernie Gallagher-Cole ;
traducción, Clara Lozano.
p. cm. — (Read-it! readers)
Summary: During his day at school, Max listens to and writes a story, plays on
the playground, and eats lunch.
ISBN 978-1-4048-2665-6 (hardcover)
ISBN 978-1-4048-3037-0 (paperback)
[1. Kindergarten—Fiction. 2. Schools—Fiction. 3. Spanish language materials.]
I. Gallagher-Cole, Mernie, ill. II. Lozano, Clara. III. Title. IV. Series.

PZ73.K544 2006
[E]—dc22
2006003598

Max
va a la escuela

por Adria F. Klein
ilustrado por Mernie Gallagher-Cole
Traducción: Clara Lozano

Con agradecimientos especiales a nuestras asesoras:

Adria F. Klein, Ph.D.
Profesora emérita, California State University
San Bernardino, California

Susan Kesselring, M.A.
Alfabetizadora
Rosemount-Apple Valley-Eagan (Minnesota) School District

PICTURE WINDOW BOOKS
Minneapolis, Minnesota

A Max le gusta leer y escribir.

Max va a la escuela.

Conoce a la maestra.

La maestra le dice cuál es su escritorio.

Max se sienta en su escritorio.

La maestra lee un cuento.

Max escucha el cuento.

La maestra le da una hoja,
un lápiz y un creyón.
Max hace un dibujo.

La maestra lleva a los niños
al recreo.

Max juega en el patio de recreo.

La maestra lleva a los niños
a almorzar.

Max come su almuerzo.

La maestra se despide.

Max se despide.

Max regresa a casa.

¡Muy bien!

Max sueña con la escuela.

A Max le gusta leer y escribir.

Más *Read-it!* Readers

Con ilustraciones vívidas y cuentos divertidos da gusto practicar la lectura. Busca más libros a tu nivel.

La niñera

Max va en el autobús

Max va de compras

Max va a la peluquería

Max va a la biblioteca

Max va al dentista

Pepi pasea

¿Qué color?

Se me cayó un diente

En la red

FactHound ofrece un medio divertido y confiable de buscar portales de la red relacionados con este libro. Nuestros expertos investigan todos los portales que listamos en FactHound.

1. Visite *www.facthound.com*
2. Escriba código: 1404826653
3. Oprima el botón FETCH IT.

¡FactHound, su buscador de confianza, le dará una lista de los mejores portales! En nuestro portal **www.picturewindowbooks.com** encontrará la lista completa de la colección *Read-it!* Readers.

24